Copyright ©2024 Sandra Fayet e Zambi

Todos os direitos dessa edição reservados à AVEC Editora.

Nenhuma parte desta publicação poderá ser reproduzida, seja por meios mecânicos, eletrônicos ou em cópia reprográfica, sem a autorização prévia da editora.

Editor: Artur Vecchi
Textos: Sandra Fayet
Ilustrações: Zambi
Diagramação e projeto gráfico: Vitor Coelho / Luiz Gustavo Souza
Revisão: Miriam Machado

Dados Internacionais de catalogação na Publicação (CIP)
(Câmara Brasileira do Livro, SP, Brasil)

F 284   Fayet, Sandra
         Diário do pet : edição gatos / Sandra Fayet; ilustrações de Zambi.

         Porto Alegre : AVEC, 2024.

         ISBN: 978-85-5447-256-6

         1.Literatura infantojuvenil   2. Animais de estimação
         I. Título   II. Zambi

CDD 028.5

Índice para catálogo sistemático:
1. Literatura infantojuvenil   028.5

Ficha catalográfica elaborada por Ana Lucia Merege — 467/CRB7

1ª edição, 2024
Impresso no Brasil/ Printed in Brazil

AVEC Editora
Caixa Postal 7501
CEP 90430-970 — Porto Alegre — RS
contato@aveceditora.com.br
www.aveceditora.com.br
Twitter: @avec_editora

BRINCANDO de ESTILISTA

Piquenique no jardim

O dia está lindo! Giovana convidou seus amigos para um lanche junto à natureza. Vai ter sanduíches, frutas e sucos. Imagine uma roupa confortável para ela usar no programa. Lembre que eles vão sentar na grama!

Concurso de fantasia

O ano está terminando e vai acontecer uma grande festa na escola. O ponto alto do evento é a escolha da melhor fantasia. Elisa está animada para ganhar! Pense em algo bem criativo e bonito para ajudá-la a vencer.

Inauguração de loja

Suzy está muito feliz! Depois de meses de
trabalho, chegou o dia do coquetel
de abertura do seu novo negócio.
Vai haver muitos convidados no evento.
Crie um look especial para ela usar
e que lhe traga bastante sorte.

Formatura de Medicina

Alessandra desde pequena brincava de médica com suas bonecas e sonhava que um dia faria isso de verdade. Depois de muito esforço, finalmente vai realizar seu sonho. Em um mês é sua formatura! Desenhe um vestido para este dia tão importante.

Repórter da televisão

Lívia é apresentadora das notícias
do tempo em uma emissora local.
Tem uma audiência muito boa
e costuma acertar suas previsões.
Ela quer mudar um pouco
o visual. Sugira uma opção de roupa
que a deixe bem elegante.

Desfile beneficente

Ângela e suas amigas vão fazer um evento com o objetivo de arrecadar dinheiro e alimentos não perecíveis. Já escolheram uma creche para receber as doações. Ela precisa de uma roupa para desfilar, que depois vai leiloar e doar o valor arrecadado. Imagine um look especial!

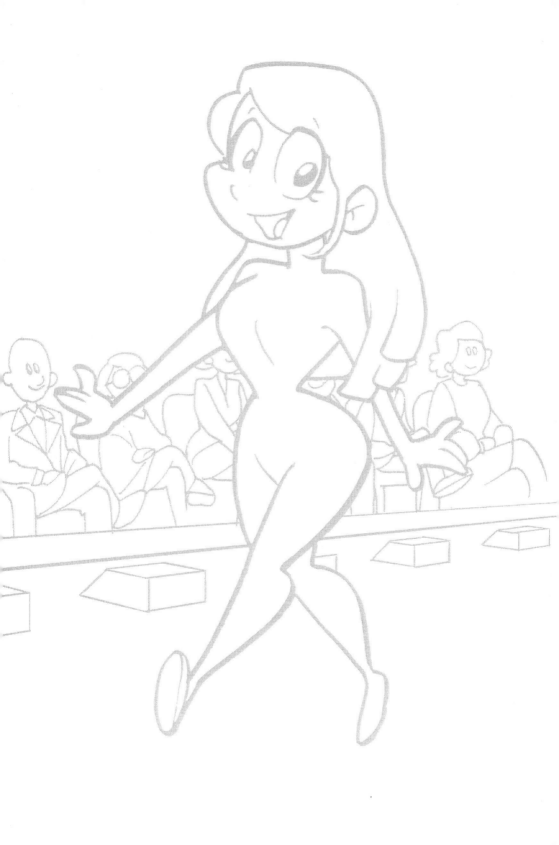

Primeiro encontro

Valentina está radiante! Recebeu o convite de um colega para irem ao cinema. É segredo, mas faz tempo que ela gosta dele. Ela quer ir bonita, mas vestida de um jeito casual. Pense em algo que ela possa usar e se sentir bem.

Circuito de surfe

Monique surfa há vários anos. Sempre que pode, ela viaja para surfar grandes ondas. Vai começar o principal campeonato e já se inscreveu. A prancha ela já tem, só falta uma roupa de Neoprene nova. Crie algo bem legal!

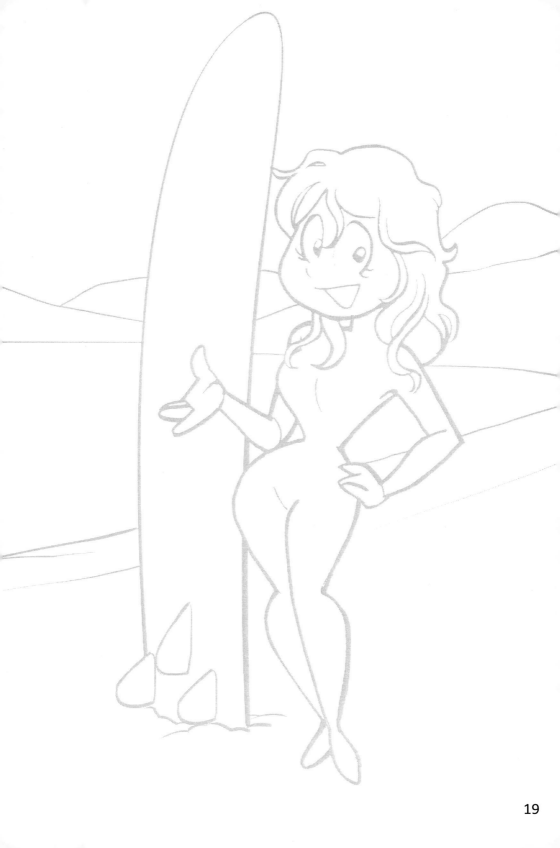

Trabalhando de advogada

Nara gosta de trabalhar bem arrumada. O seu dia é cheio de reuniões e audiências com seus clientes e colegas. Está precisando renovar seu guarda-roupa. Imagine um traje profissional que a deixe bem elegante!

Noite do pijama

As aulas estão terminando e Gisele quer fazer uma despedida com as colegas. Imaginou reunir todas na sua casa para uma noite divertida. Já comprou sorvete e vai encomendar pizzas. Ela quer colocar um pijama bem alegre e confortável. Ajude!

Show de rock

Maria é vocalista de uma banda. Eles têm ensaiado todos os dias. O grupo vai se apresentar fazendo a abertura de um grande evento. A cantora quer um look bem diferente para subir no palco. Ela quer arrasar no microfone!

Festa de 15 anos

Antônia só consegue pensar nos seus 15 anos. Há um ano está organizando todos os detalhes: salão, decoração, convites, lista de convidados, comes e bebes, trilha sonora para a festa e uma equipe para fotos e filmagem. Falta a roupa. Desenhe um vestido maravilhoso para ela brilhar!

Estação de esqui

Márcia adora viajar! Agora vai fazer uma excursão que prevê no roteiro uma parada na montanha com neve para quem quiser esquiar. Ela não quer deixar para alugar uma roupa no local, já vai levar na mala o que vai usar neste momento. Você cria para ela?

Noite de gala

Vai acontecer a premiação dos melhores talentos musicais. Caroline foi chamada para apresentar o programa, que será exibido ao vivo na televisão. Precisa de um vestido longo e chique para este momento. Desenhe algo que a deixe bem elegante!

Apresentação de ballet

Marina dança ballet desde pequena. A sua vida é dançar! No final do ano vai acontecer o grande espetáculo da sua escola. Ela irá se apresentar sozinha no palco. Está muito empolgada. Desenhe uma roupa de bailarina para ela brilhar neste momento.

Fazendo um book

Ana Laura completou 18 anos! Ganhou de presente dos pais uma sessão de fotos para guardar de lembrança. Ela precisa vestir algo que a deixe bem radiante nas fotos. Pense com carinho. É com você!

Acampamento nas montanhas

As férias de inverno chegaram. Pietra e seus colegas combinaram de passar uns dias acampando na serra. Vai estar fazendo frio e ela não pode levar muita coisa na mochila. Precisa de uma roupa esportiva e quentinha para estes dias. Sugira algo!

Aniversário de 1 ano

Há um ano estava nascendo
o primeiro filho de Marta e André.
O tempo passou rápido e já chegou
a festa de um aninho! Esta mamãe preparou
uma festa bem alegre.
Tudo pronto! Chegou o momento
de escolher sua roupa. Sugira uma ideia!

Festa havaiana

Luísa e suas amigas estão preparando uma festa de final de ano. O tema vai ser o Havaí, com flores, frutas e muito verde. Conseguiram vender todos os convites e está tudo pronto. Depois de muita correria, ela começou a pensar na roupa. Precisa da sua ajuda!

Formatura do colégio

Depois de anos de muitos estudos, Eduarda finalmente concluiu o colégio. Ela está muito feliz e contando os dias para receber seu diploma. Depois da cerimônia, vai recepcionar seus convidados em um restaurante. Escolha uma roupa bem linda. Ela merece!

Passeando em Londres

Vitória sempre quis conhecer a capital da Inglaterra. Resolveu trocar sua festa de aniversário de 15 anos por uma viagem. Monte um look para ela usar no primeiro passeio, quando vai conhecer o Big Ben. Deixe a viajante bem bonita!

Jantar de aniversário

Letícia está completando 30 anos! Faz tempo que só comemora seus aniversários em casa com a família. Para esta grande data, resolveu reunir os amigos e familiares em uma pizzaria de noite. Está atrapalhada e não sabe que roupa colocar. Você dá uma ajuda?

Jogo de futebol

Cláudia é fanática por futebol e não perde uma partida do seu time. A equipe tem jogado bem e vai disputar a final de um grande título. Imagine a alegria dela! Sugira algo esportivo para esta torcedora.

Casamento na praia

O maior sonho de Joana sempre foi casar junto ao mar. E vai ser realizado! A data já está marcada, os convites feitos, a festa organizada e só falta a roupa. Imagine um lindo vestido de noiva para este dia tão importante.

Festa da casa nova

Berenice vai morar sozinha. Está radiante! Depois de muito procurar, encontrou o apartamento que queria. Ele é pequeno e aconchegante.
Convidou as amigas para irem conhecer. Vai preparar uns comes e bebes. Pense em algo para ela vestir!

Grupo de corrida

Karen gosta muito de praticar esportes. Ela e seus colegas de academia montaram um grupo para correr nos parques da cidade. Eles querem usar roupas iguais para correr, mas precisam de ideias. Você sugere para eles?

Chá de fraldas

Uma colega de trabalho de Flávia está grávida e esperando seu primeiro filho. Ela foi convidada para a comemoração pela vinda do bebê. Já comprou fraldas para levar. Escolha uma roupa para ela ir bem bonita!

Festa à fantasia

Milena está sempre indo em festas. Acabou de comprar o convite para o evento que seus amigos estão organizando. É obrigatório o uso de fantasia. Ela está sem criatividade para inventar um look e a festa é daqui uma semana. Crie algo para ela se destacar!

Fim de semana na praia

Este verão promete ser muito quente. Adriana planejou trabalhar durante
a semana e ir para a praia nos sábados
e domingos. Está querendo um look para passear à beira-mar. Você monta para ela?

Estreia no cinema

Isadora interpretará seu primeiro papel no cinema. Foi selecionada para um filme infantil, onde será a fada boazinha. Ela está vibrando! Precisam providenciar o figurino. Você foi a pessoa chamada para criar a roupa. Vamos lá!

Viagem à Itália

Denise é descendente de italianos e acabou de conseguir sua cidadania italiana. Está planejando visitar Roma, Florença, Veneza e Milão. Já montou sua viagem! Vamos planejar um visual para ela passear nestas cidades?

Festa de Ano Novo

O ano que está terminando foi maravilhoso para Melina. Passou no vestibular e conseguiu um emprego! Ela quer iniciar o próximo ano em uma grande festa com seus amigos. Pense em uma linda roupa para ela comemorar todas suas conquistas.

Tarde na academia

Começou o ano e Geórgia tem muitos planos! Já se matriculou para fazer exercícios e malhar bastante. Agora vai ter que providenciar roupas de ginástica. Ela precisa de uma para usar no primeiro dia. Você ajuda?

Seleção de modelos

Luma está inscrita em uma agência de modelos. Ela é linda! Já fez vários testes e foi chamada novamente para um comercial de comidas. Vão ter outras candidatas e ela quer se destacar. Pense com calma e planeje um look casual.

Estreia no teatro

Camila fará sua primeira apresentação em público no teatro da cidade.
Ela concluiu o curso de teatro e seu grupo ficou meses ensaiando Romeu e Julieta, a famosa peça de Shakespeare. Ela será a Julieta. Falta fazer o figurino. Você cria para ela?

Ida ao supermercado

Em casa, Yasmin é a responsável pelas compras da semana. Ela revisa tudo o que está faltando e faz a lista do supermercado. Gosta de ir vestida com uma roupa confortável e bonita. Planeje um visual para estes momentos.

Sarau musical

Lia toca piano desde os 8 anos. Ela tem um dom musical muito grande. Foi convidada para se apresentar junto com outros músicos na escola. É sua primeira apresentação em público. Você escolhe uma roupa bem linda para a pianista?

Festa punk

Roupas pretas, cabelos espetados, alfinetes e brincos por todo lado.
Assim vai ser a festa que Helena vai participar. Seus amigos já sabem o que vestir, mas ela não. Pense e crie um visual punk para que ela se divirta bastante!

79

Entrevista de emprego

Joyce está há bastante tempo procurando emprego como gerente. Já participou de várias seleções, mas não foi chamada. Surgiu mais uma chance! Elabore um visual para ela usar e que cause uma boa impressão. Boa sorte para ela!

Passeio no shopping

Bianca e suas amigas combinaram
de passar a tarde olhando vitrines
e conversando. Ela adora este programa! Ela
não sabe que roupa escolher, mas quer ir de um jeito
casual. Pense e monte um visual descontraído!

Programa de televisão

Clara é jornalista em uma importante emissora. Foi convidada para preparar e apresentar um documentário contando a história da moda. Ela teve bastante trabalho e agora está pronto. Monte um look para ela aparecer bem charmosa na telinha!

Dia dos namorados

Chegou o dia 12 de junho! É a primeira vez na vida de Sabrina que ela está namorando nesta data. Ela e o namorado combinaram de passar o dia juntos passeando. Imagine uma roupa bem bonita para ela usar com seu novo amor.

Casamento romântico

Mariana é muito sonhadora e sempre desejou casar vestida de noiva. Depois de quatro anos de namoro, o dia tão esperado está chegando. Desenhe um lindo vestido para ela. Lembre que a noiva é super romântica!

Festa junina

Mônica e sua turma estão ajudando a organizar a tradicional festa do mês de junho na escola. Prepararam bandeirinhas e foram atrás dos prêmios para a pescaria. Ela cresceu e quer um novo vestido de caipira. Crie um bem bonito!

Maratona de séries

Cecília e seus amigos amam passar horas assistindo séries. O fim de semana vai ser chuvoso. Combinaram de se reunir na casa de um deles e fazer o que mais gostam: assistir um seriado comendo pipoca! Vamos pensar em um look para ela?

93

Festa das profissões

Já pensou em um evento em que cada convidado vem fantasiado de alguma profissão? Amanda necessita de auxílio. Não sabe como se arrumar. Médica? Professora? Estilista? Youtuber? Outra profissão? Que dúvida! Escolha para ela.

Campeonato de tênis

Tatiana está todos os dias treinando nas quadras do clube. É uma aluna que nunca falta! Está pronta para participar da sua primeira competição. Planeje uma roupa pra ela. Lembre que vai precisar usar camiseta ou camisa polo e short-saia. A cor você escolhe!

Ida ao teatro

O teatro mais antigo da cidade passou por uma reforma. Para comemorar a finalização das obras, será apresentada uma nova peça. Vera recebeu um convite para a noite de estreia. Sugira um look para este dia!

Conhecendo o Japão

Débora é fascinada pelo Japão! Aprendeu japonês e passa
muito tempo assistindo animes
e lendo mangás. Conseguiu juntar
dinheiro e já está de viagem marcada.
Está escolhendo uma roupa para usar
por lá e pediu sua ajuda. Capriche!

Cruzeiro marítimo

As férias de verão estão chegando e Luana vai fazer uma viagem de navio com sua família. Já arrumou sua mala e está super empolgada. Desenhe uma roupa em estilo marinheiro para ela arrasar!

Dia no parque

Hoje é feriado e Paula vai passar o tempo divertindo-se com seus amigos. Marcaram de se encontrar no parque para caminhar, correr, andar de bicicleta e de patins. Ela precisa usar algo que permita fazer tudo isso. Você escolhe para ela?

Exposição de quadros

Júlia é artista plástica. Seus quadros são muito bonitos! Está planejando expor seus trabalhos em uma galeria de arte da cidade. Vai ter um evento para seus convidados no primeiro dia. Vamos pensar em um visual para ela?

Feira orgânica

Agda gosta de ter uma alimentação bem saudável. Toda semana adquire alimentos sem agrotóxicos em uma feirinha perto de casa. Depois prepara umas comidas bem gostosas. Vamos pensar em algo para ela usar nas próximas compras?

Concurso de miss

Heloísa é uma moça que chama a atenção pela sua beleza e elegância. Foi escolhida para representar sua cidade em um concurso. Quer desfilar com um maiô que a deixe mais deslumbrante ainda. Desenhe para ela!

Baile de carnaval

A folia vai tomar conta na sede social do clube. Fernanda e suas amigas montaram um bloco para desfilar. Elas querem ir todas iguais e em grande estilo. Desenhe uma roupa bem alegre para as amigas dançarem bastante!

Tarde no zoológico

Faz tempo que Tereza e seus amigos não vão ao zoológico da sua cidade. Tiveram a ideia de ir lá no próximo domingo e ver como estão os animais. Vamos imaginar uma roupa para ela? Lembre que ela vai caminhar bastante.

Desfile de moda

Sônia é uma modelo muito requisitada. Foi contratada para estar na passarela no próximo mês. Vai desfilar no lançamento da nova coleção de uma grande marca. Desenhe a roupa que ela vai usar para abrir o desfile. Ela tem que arrasar!

Convenção de quadrinhos

Bibiana é fã de super-heróis. Faz coleção de quadrinhos. Neste final de semana vai ocorrer a Comic Con do ano. Ela não quer perder! Será que ela vai com um look bem legal ou um cosplay? Você escolhe!

Escritório de arquitetura

Vanessa é uma arquiteta brilhante. Seus projetos aparecem nas melhores revistas e sites de decoração. Costuma receber muitos clientes em seu escritório. Ela está precisando de mais roupas de trabalho. Crie um novo look!

Casamento na fazenda

Juliana, desde criança, sempre gostou de passar suas férias nas terras do seu avô. Escolheu este lugar tão agradável para sua cerimônia de casamento. Precisa vestir algo que combine com o cenário de campo. Você cria para ela?

Férias em Paris

Esta viagem de verão será inesquecível para Isabela. Passará uma semana em uma das cidades mais charmosas do mundo. Não está acreditando! Elabore um look para ela conhecer a Torre Eiffel, visitar o Museu do Louvre e passear pelas ruas parisienses.

Estreia de filme

Roberta é a atriz principal de um novo filme. Foram meses de gravação e finalmente ficou pronto. Ela precisa estar maravilhosa na noite do lançamento. Encomendou uma roupa cheia de brilhos para usar. É tudo com você!

Intercâmbio no exterior

Está chegando o tão esperado dia da viagem. Clarice vai passar seis meses no Canadá fazendo curso de inglês. Já está tudo organizado, só falta escolher o que vai vestir no dia da viagem. Escolha algo para ela usar, lembrando que a viagem vai ser longa.

Curso de culinária

Patrícia está muito animada! Acabou de se formar em gastronomia e vai dar cursos básicos de comida prática e saudável. Precisa de uniforme para usar nas aulas. Pense em algo para ela ficar bem bonita.

Tarde na piscina

A semana foi chuvosa, mas o dia amanheceu ensolarado. Odete foi convidada para um banho de piscina depois do almoço. Vários amigos estarão por lá. Ela não sabe qual biquíni usar. Sugira uma combinação bem bonita!

Sessão de autógrafos

Samanta queria muito ser
escritora. Fez um curso de escrita criativa e
passou um ano escrevendo
seu primeiro livro. Quanta inspiração
e esforço! Na próxima semana fará
o lançamento em uma livraria
da cidade. Sugira algo para ela usar.

Campeonato de hipismo

Rebeca ama animais e seu passatempo favorito é andar a cavalo. Agora está pronta para participar de competições. Necessita de uma roupa nova de cavaleira para usar. Lembre que precisa estar de botas, culote, camisa, casaco e capacete!

Passeio no campo

Raquel vai passar um final de semana com os amigos na fazenda. Está empolgadíssima! Escolha uma roupa adequada para o momento, lembrando que ela poderá andar a cavalo. Pense com carinho para ela se sentir bem confortável e bonita.

Apresentação musical

Este ano iniciou um grupo feminino na escola. Fátima precisa escolher roupas iguais para usarem nas apresentações. A estreia já está marcada! Escolha uma roupa para deixar as cantoras lindas.

Consultório médico

Sandra adora ser psiquiatra! Ela trabalha ajudando as pessoas a se sentirem melhor. Atende crianças, adolescentes e adultos. Não necessita usar jaleco branco sobre a roupa. Está precisando inovar no seu visual. Sugira algo!

Semana em Nova York

Alexandra conseguiu economizar e comprou um pacote de viagem para os Estados Unidos. Está contando os dias para viajar! Crie uma roupa bem confortável e charmosa para ela passear pela "cidade que nunca dorme".

Almoço de Dia das Mães

Estamos no mês de maio. Rita já comprou o presente para sua mãe e reservou o restaurante para almoçarem juntas. Elas adoram comida italiana! Só falta escolher como vai vestida. Você faz isto para ela?

Passeio de lancha

O dia está animador para sair de casa. A colega de trabalho de Sofia fez um convite bem legal. Elas vão passar o dia passeando no mar e visitando algumas ilhas. Ela quer passear com uma roupa leve e confortável. Pode ser que dê um mergulho!

Festa de dia das bruxas

Todo ano ocorre a tão esperada comemoração do dia 31 de outubro. O evento com abóboras, vassouras, balas e doces vai ser na casa da Bruna. Pense em uma fantasia diferente. Ela quer inovar e fazer sucesso!

Canal no YouTube

Melissa virou youtuber e tem milhares de seguidores. Todos os dias ela grava novos vídeos onde fala da sua rotina. Hoje ela está sem ideia do que vestir
e já está na hora de começar a gravar.
Vamos ajudar criando um novo look?

Jantar romântico

Daniela sempre foi apaixonada pelo seu vizinho do condomínio. Há um mês que estão namorando! Combinaram uma ida a um restaurante japonês para comemorarem esta data tão especial. Escolha algo para ela vestir.

Baile de máscaras

Aline vai participar de uma grande festa no clube. O convite pede que se use uma máscara feita pela própria pessoa. Ela não tem a mínima ideia de como ir vestida nem de como fazer a máscara. Você consegue ajudar?

Excursão no Sul

O Rio Grande do Sul atrai muitos turistas interessados em conhecer a serra gaúcha. Suzana e sua família vão passar um feriado por lá. O roteiro prevê uns dias passeando em Gramado, Canela e no Vale dos Vinhedos. Desenhe um visual bem bacana para ela!

Festa medieval

O clube está planejando uma festa estilo medieval. Os participantes devem vestir roupas desta época. Lúcia quer muito ir, mas não tem o que usar. Deseja um vestido longo e lindo, parecendo uma princesa. Você desenha para ela?

Praias do Nordeste

Sol e mar... que delícia! Assim serão as férias de Manoela, curtindo uma natureza lindíssima. Vai conhecer Maceió, Fortaleza e Natal. Elabore um look para ela usar nesses dias. Lembre-se do chapéu e óculos de sol!

Campeonato de vôlei

O verão chegou e o pessoal passa horas jogando vôlei na praia. Foi marcada uma disputa entre as equipes. Lara e seus amigos querem um uniforme para usarem. Planeje algo e torça para a equipe deles vencer!

Feira orgânica

Agda gosta de ter uma alimentação bem saudável. Toda semana adquire alimentos sem agrotóxicos em uma feirinha perto de casa. Depois prepara umas comidas bem gostosas. Vamos pensar em algo para ela usar nas próximas compras?

Chá da tarde

Luciana e suas melhores amigas têm uma combinação muito importante. Todo mês elas se encontram em uma confeitaria. Chá, doces, salgadinhos e conversas! Ela quer um novo look para usar. Você ajuda?

Campeonato de patinação

Alice ama patinar e tem treinado muito para o próximo evento. A competição é internacional e vêm patinadoras de diversos países. Ela é uma forte candidata a vencer. Precisa de uma roupa para usar no momento que estiver patinando. Faça e torça por ela!

Baile funk

Cristina gosta muito de funk. Logo vai ter um baile com a apresentação dos principais funkeiros. O programa é imperdível! Ela já convidou sua turma de amigos e todos confirmaram. Com que roupa ela pode ir? Ajude!

Aniversário surpresa

Renata adora preparar festas! Está organizando o aniversário da sua melhor amiga. É segredo, a amiga só vai descobrir na hora. Ela já pensou em tudo, menos na sua roupa. Crie um visual casual para a organizadora da festa usar.

Festival de dança

Os últimos meses foram de muito ensaio para Fabiane. Ela dançou várias horas por dia para estar perfeita na sua apresentação. O jazz é sua grande paixão! Imagine uma roupa bem bonita e que permita seus movimentos.

Brechó com amigas

Liane e suas amigas selecionaram todas as roupas que não usam mais. Estão organizando um evento para vender as peças. O dinheiro arrecadado vai ser doado para um orfanato. Planeje um look para ela vestir no brechó. Sucesso nas vendas!

Jantar de Dia dos Pais

É agosto e o pai de Vanusa quer reunir a família para comemorar sua data. Reservou uma mesa em um restaurante chique. Ela quer ir bem arrumada, mas está sem ideias. Pense em algo para ela usar. Tudo com você!

Noite de Natal

Este ano a família de Ana vai fazer um encontro especial na noite do dia 24 de dezembro. Convidaram os tios e primos que moram em outras cidades. Planejaram amigo secreto e até Papai Noel! Sugira algo para ela vestir e curtir este momento em família.

Palestra na escola

Carla é a nova diretora do colégio. Está organizando uma reunião com os pais para se apresentar e falar dos seus projetos. Escolha um visual que combine com esta ocasião. Ela tem que passar uma boa impressão!

Viagem à Disney

Os pais de Gabriela fizeram uma surpresa! Compraram um pacote de 10 dias de férias na terra do Mickey e da Minnie. Ela está vibrando! Vão viajar em poucos dias. Planeje algo confortável para ela usar nos parques.

Aniversário de 80 anos

Bárbara sempre foi muito ligada à sua avó. Ela está de aniversário e a família preparou uma linda festa para seus 80 anos. Vão reunir todos os familiares. A neta quer ir bem bonita. Desenhe um look para ela. Capriche!

Aniversário do pet

O cachorrinho de Laura está de aniversário. Ela convidou seus amigos que também possuem cachorros para um festa na sua casa. Vai ter comida para os cães e seus donos. Pense em algo para ela usar neste dia!